Mon corps est fait du bruit des autres
Antoine Vitez

DU MÊME AUTEUR

Volatiles, *nouvelle*
(Joca Seria, 2006)
Procession, *théâtre*
(Lansman/théâtre de la Digue, 2005)
La fabrique des cérémonies, *roman*
(Le Seuil, 2001)
L'entre-deux-rêves de Pitagaba, *théâtre*
(Acoria, 2000)
La polka, *roman*
(Le Seuil, 1998)
Que la terre vous soit légère, *théâtre*
(Le bruit des autres, 1996)
Le petit frère du rameur, *théâtre*
(Lansman, 1995)
La malaventure, *théâtre*
(Lansman, 1993)
Le carrefour, *théâtre*
(revue Théâtre Sud n° 2, éd. l'Harmattan)
(Grand prix Tchicaya U Tam'si, 1989)

Ouvrages collectifs

La voiture est dans la pirogue
(Le bruit des autres/Encres Vagabondes, 2000)
Nouvelles écritures
(Lansman, 1998)

www.lebruitdesautres.com

ISBN 2-914461-64-X

Io
(tragédie)

Kossi Efoui

Io
(tragédie)

Le bruit des autres

Personnages

Anna
Le Hoochie-koochie-man
Le fils de la mère
Masta Blasta

I

Peu avant le lever du soleil... Dans la lumière de ce temps que certains appellent l'avant-jour, quelques lampions se passent le relais, flammes et fumées, d'un point à l'autre, du plus lointain au plus proche.
Il faut imaginer le marché trottoir – trois espaces en cours d'installation – l'espace Beauté, l'espace Écrivain public et l'espace Distillerie, trois échoppes.
L'espace Beauté : tentures faites d'interminables « mèches » de cheveux artificiels et colorés, on aurait dit des rideaux de lianes descendant d'une branche. On voit des mannequins sommaires, créatures improbables en toiles de jute et raphia, tringles portant coiffures peintes.
On voit Anna qui les habille de brins de costumes – ici un collier, là un cache-sexe, là un minipagne. Elle pioche dans un ballot d'étoffes, chutes de tissus recousues ensemble, art du vrac qui assemble sans distinction le précieux et le vulgaire des matériaux et des prix.

L'espace Écrivain public : un présentoir. Une pile de grands cahiers. Le fils de la mère les dispose sur le présentoir.
On entend des grillons.
Là-bas au fond où les lampions s'échangent des sémaphores de feux follets et de petites fumées, on distingue un immense panneau. Un lampadaire clignotant parfois s'en mêle… Selon ses caprices, on peut lire tout ou partie de ces lettres : CET ESPACE VERT VOUS EST OFFERT PAR LA DONATION NORBERT. *On entend des bruits réguliers de rouages. On entend des grincements de chaîne sur lesquels prend appui une voix.*

Masta Blasta, *voix.*
IO
POUR FUIR TA FUITE FOLLE
IO
TON PIED S'ARRACHANT DU SOL
POUR UN BOND QUI SAIT RETOMBER JUSTE
DU PAYS D'EUROPE JUSQU'EN PAYS DU NIL
JUSQU'EN PAYS D'ÉTHIOPIE
IO
TON PIED A-T-IL ASSEZ D'ÉLAN
POUR FUIR TA FUITE FOLLE
MOI
MA MÈRE THÉMIS
OU GAÏA LA TERRE
M'A TOUT APPRIS DANS LA VOYANCE
COMMENT FINIRAIT L'AVENIR
IO

On voit Anna avec la marionnette d'Io. Anna coiffe la marionnette d'Io. Même perruque qu'elle : unique tresse en piqué, de la nuque au ciel, brins de cheveux ramassés en « nattes » autour de l'antenne, le front rasé.
Le fils de la mère. Le présentoir. Quelques cahiers ouverts.

Le fils de la mère
« Celle-là celle-là, celle-là, celle-là, celle-là »
Les parloirs de la Rumeur
on sait ce que c'est
la convulsion des voix sévères
une clochette de lépreux comme ça pépie
quand ça pépie la Rumeur –
Celle-là
Celle-là, le malheur de la race, créature –
On dit qu'elle a eu une attitude, la Fière
On sait comment, par ces temps, l'élégance
attire l'outrage
En ces temps-là, le puissant du jour se disait l'Éternel, le Héros d'un jour se disait l'Unique
Et son pseudonyme était Dieu
Et sous ce Pseudonyme
Zeus l'Olympien, de son vrai nom, signait des Oracles, un genre littéraire que certains appellent prophétie
Écriture automatique de Dieu

Et dans ces Écritures, il est écrit : l'honneur du Héros
c'est d'outrager la Fière
Celle-là
Io
Celle qu'on avait surnommée la rebelle à Dieu
Celle-là/Celle-là/Celle-là
C'est la fille que Zeus outragea

Anna et la marionnette.

L'honneur du Héros, c'est d'outrager la Fière
Celle-là
Io
que Zeus outragea d'abord
Les lieux de la scène s'appellent la Maison du père
D'abord la fit traîner hors de la maison du père
Les lieux de la scène s'appellent Dehors
Où il est écrit que l'acte de viol a eu lieu
Ensuite il est écrit
Zeus l'Olympien chanta des maléfices fientés sur sa tête avant de la condamner aux grandes tribulations de l'errance
Hors de la maison du père
Hors du pays
Exilée
de pays en pays depuis lors
Les lieux de la scène s'appellent la Face de la terre

La marionnette. Volte-face.
Sa voix maintenant
Sa voix depuis lors – dégrossie de ses graves
Les ondes qui lacèrent sa voix
lâchée dans le vent comme cendres de sorcière
Sa voix elle dit
les malaises comment ça s'appelle, les désagréments comme ça vient, qui vont avec sa condition, les vomissements, les coups de pied, des élancements dans la région où
ça ne trompe pas le ventre
l'enfant au ventre gong
gong
arrimé avec le cri entendez-vous
de pays en pays

Anna, *voix et marionnette.*
OOÙ/OOÙ/OÙÙÙ/OÙ

Le fils de la mère
Ses pas fuyants comme ça
de bas-côté en bas côté
à tournoyer ainsi son pied
mollement mollement
Ses pas se fuyant l'un l'autre
ses pas fuyaient les chemins eux-mêmes

Anna, *voix et marionnette.*
OÙOÙ/OOOOÙ/OÙ/OÙ/OÙ

Le fils de la mère
Les accidents de la terre et les vents froids lui apprenant à voler parfois peut-être
Vaguant comme ça mollement mollement

Anna, *souffle et marionnette.*
COMME ÇA
COMME ÇA

Le fils de la mère
La Grande Exilée
Ses pas chassés
comme on louvoie en foule en se protégeant le flanc
Sa voix
elle dit

Anna, *souffle et marionnette.*
COMME ÇA
COMME ÇA

Le fils de la mère
Elle ne parlait pas
Les mots que disait sa voix
Comme ça comme ça
C'était plutôt des cris malmenés
ou plutôt son expiration c'était – c'était son expiration qui faisait ça –, ou plutôt des résidus de râle où l'on trie les dernières paroles d'un mourant

Anna, *voix et marionnette.*
OÙ
OÙ
SUR
TERRE

Le fils de la mère
Comment rêver l'enfant
Entendez-vous elle dit –
la vaguante figure le long du jour –
elle dit
oou/oooou/oooou
Comment rêver l'enfant
l'explication des cris
c'est comment rêver l'enfant
Petites foules croisant son chemin sans réponse
petites foules croisant son chemin
Et les mots à saluer ? – nuls
Et la bienvenue de passage ? – nulle aussi
Et les poches de rumeurs, ça – on sait ce que c'est
la convulsion des voix sévères
Petites foules parfois cotisant la pitance
« Qu'elle raconte
Qu'elle raconte
C'est notre pitié qui paie la pitance
Qu'elle raconte »

Anna, *voix et marionnette.*
UN ORACLE ARRIVA

PARLAIT CLAIR
DISAIT À MON PÈRE
JETTE-LA

Le fils de la mère
« Alors tiens la pitance, créature
Mange la pitance
C'est notre pitié qui se troque »

Anna, *voix et marionnette.*
JETTE-LA

Le fils de la mère
Elle dit le père tremblant

Anna, *voix et marionnette.*
JETTE-LA

Le fils de la mère
Tu livres la fille sinon la Foudre sur ta fierté

Anna, *voix et marionnette.*
ET QUE S'IL REFUSAIT
IL ATTIRERAIT LA FOUDRE DE ZEUS

Le fils de la mère
Dieu sur ta race

Anna, *voix et marionnette.*
QUI ANÉANTIRAIT SA RACE
JETTE-LA

Le fils de la mère
Elle dit
« Le père, tu penses à la honte des fils
au sang propre de la lignée – la Maison du père
Tu penses un monde de frères »
Glas sur le toit, les frères ouvrent la porte

Anna
AUSSITÔT

Le fils de la mère
Et aussitôt le souk/la fouille/la palpation/
la traque/la trique
Dieu sur ta fierté, créature
Gong dans le ventre gong

Anna
HORS DE LA MAISON DU PÈRE
HORS DU PAYS
BÊTE VOUÉE AUX DIEUX
JUSQU'AUX CONFINS DU MONDE

Le fils de la mère
Bête vouée aux foules
« Tiens
la pitance, créature
Mange la pitance…
Qu'elle raconte/qu'elle raconte »

Anna
LA MALADIE
À SA GUISE
ENVOYÉE
PAR LE DIEU NON VISIBLE
QUI MET LA CHAIR À VIF
ME TOUCHE ET M'ÉTEINT
ME TOUCHE ET M'ÉTEINT
ME TOUCHE ET M'ÉTEINT
ME TOUCHE ET M'ÉTEINT
ASSEZ DURÉ LA FILLE
ENTENDEZ-VOUS

Elle sort. C'est-à-dire qu'elle disparaît. C'est-à-dire qu'elle entre dans l'ombre en fond de scène où on assiste à la naissance des feux de lampions et à leur croissance.
La marionnette d'Io reste là.

II

Le Fils de la mère avec la marionnette d'Io. Masta Blasta. Il est poussé par le Hoochie-koochie-man dans un engin de locomotion – chariot, charrette ou brouette.

Le fils de la mère, *avec la marionnette.*
Et le hasard qui sait prendre par défaut la place du destin
a poussé le vagabondage de
Io
jusque sur les lieux de la scène
Coriaces géologies
Les lieux de la scène s'appellent l'extrémité du monde
Nous voici donc à l'extrémité du monde
Dans un coin de l'invivable climat
appelé les Ténèbres du dehors
où il est écrit que
Un soir
marchant vers l'horizon

Io
sa silhouette
rencontra la silhouette d'un vieillard sur un gibet de roc
Un corps émergeant par bout de bras scellé
bout de cheville agrafée
chair sanglée, côtes harponnées
épousant les grandes dents d'une tige d'acier
Quelques vertèbres tombées
au pied du rocher
simulacre d'un reliquat de sacrifice animal
à un dieu d'infortune
Un oiseau passe sur le dos

L'engin de locomotion dans lequel Le Hoochie-koochie-man pousse Masta Blasta a été brouette à un commencement… mais il faut imaginer qu'on a dû rajouter des accessoires, roues supplémentaires dépareillées, câbles, guidons de bambou, selon les nécessités de la progression et de la géographie imposée à des fuyards.

On se souvient de certaines photographies prises durant les débandades que provoquent les guerres. Dans la longue colonne de fuyards, on voit parfois une personne morte de fatigue ou d'une trop grande vieillesse ou d'une trop grande jeunesse pour marcher, un corps transporté dans une brouette déjà encombrée : cartons, cuvettes, paquets, basse-cour pendouillant en vrac sur les flancs. Il arrive que la photo soit prise de nuit et alors on voit comme de très près, quel que soit le cadrage, le visage éclairé par une lampe-tempête et on devine le corps lui-même se confondant avec l'inertie des ballots et des paquets de volatiles signalant leur présence dans un alignement de plumes parmi d'autres paquets.

Anna, *voix/chant.*
QUOI CE PAYS
QUOI CE PEUPLE
OÙ SUR TERRE J'AI ÉCHOUÉ
QUI TU ES TOI
QUI TU ES TOI
EXPOSÉ AUX INTEMPERIES
QUI DOIS-JE DIRE QUE JE VOIS

Masta Blasta
POUR FUIR LA FUITE FOLLE
TON PIED S'ARRACHANT DU SOL
POUR UN BOND QUI SAIT RETOMBER JUSTE
IO
TON PIED A-T-IL ASSEZ D'ÉLAN
DEPUIS LES PENTES DU CAUCASE
S'ARRACHANT
DU SOL DE LA VIEILLE EUROPE
DU SOL DE PAMPHILIE
TORRENTS DESSÉCHÉS

DES TOURBES DE SILÉSIE
BROUILLARDS TAMPONS
BOUES CANNIBALES ET PONTS MORTS
ENTENDEZ-VOUS LE CRI
IO

Anna, *voix/chant.*
C'EST TOI
PORTEUR DE ROCHER
QUI DIT MON NOM
QUI SAIS LE NOM QUE JE PORTE
COMME LA FIGURE DE MA PEINE
TOI QUI DANS TA PEINE
DIT MA PEINE ET MON NOM
QUI TU ES TOI
HORS DE LA MAISON DE QUELLE MÈRE
TU CONTREFAIS LES TENÈBRES

Masta Blasta
MOI MA MERE THÉMIS OU GAÏA
LA TERRE,
OU LA GRANDE ROYALE
M'A TOUT APPRIS
DANS LA VOYANCE
COMMENT FINIRAIT L'AVENIR

Anna, *voix/chant.*
PROMÉTHÉE

Masta Blasta
JE SUIS PROMÉTHÉE
LE TITAN

Le Hoochie-koochie-man
À jeter Zeus a dit
Hier l'allié de Zeus
Aujourd'hui son encombrant
À jeter
Zeus a dit
« Héphaïstos
Livrez le corps de Prométhée
Aux Ténèbres du dehors »
Que son corps soit rivé dans la pierre
Harponnez/Visez/Coincez/Clouez
Au pas.
Visez
Clouez/Visez
Clouez/Visez/Clouez/Visez
Clouez/Visez/Clouez/Clouez Clouez/Clouez
Et moi à l'ouvrage
Zeus a dit – À l'ouvrage de torture, Héphaïstos
Et moi à l'ouvrage
Et moi à la mécanique d'irritation et de fatigue
Et clous, chaînes, câbles et pics
Mon frère dans les Ténèbres du dehors
Nul n'est libre sauf Zeus
a dit Zeus
Écriture automatique du Tout-puissant
Il s'écroule sur Masta Blasta.

Masta Blasta
JE SUIS PROMÉTHÉE LE TITAN
LE SUPPLICIÉ DE ZEUS
ET LE VOYANT

Le fils de la mère
Ensuite il est écrit, côte à côte pendant des jours, côte à côte le dieu harnaché et la fille de vive-douleur, des nuits, des saisons, des soleils et des lunes, un temps incalculable

Un temps. Visions de Prométhée.

Masta Blasta
MARCHE VERS LE LEVANT
ET TU ARRIVERAS
IO
TU ARRIVERAS AU LOINTAIN PAYS
OÙ FLAMBOIENT LES EAUX DU SOLEIL
OÙ COULENT LE NIL ET LE NIGER ET LE KONGO
OÙ RÊVENT LES IMMENSITÉS DU TANGANYIKA
OÙ LES GENS SONT NOIRS
MARCHE
VERS LE LEVANT
TRAVERSE JUSQU'AUX CHAMPS DES GORGONES
ET PASSE
NE VISITE PAS LES GORGONES

SŒURS AÎLÉES QUI ONT CRINIÈRE DE SERPENTS
ELLES SONT TROIS
AVEC UNE DENT
POUR MÂCHER À TROIS CE QU'ON APPELLE MANGER
AVEC UN ŒIL POUR GUETTER À TROIS CE QU'ON APPELLE VOIR
LE SOLEIL NE LES VISITE PAS
LA LUNE NE LES VISITE PAS
NE LES VISITE PAS
ET TU ARRIVERAS
ATTENTION
VOIS QUELLES SENTINELLES VEILLENT LÀ-BAS
LES CHIENS DE ZEUS ATTENTION
LES GRIFFONS AU BEC ACÉRÉ/LES CHIENS DE GARDE QUI N'ABOIENT PAS
ATTENTION À EUX
NE LES VISITE PAS
ET TU ARRIVERAS AU LOINTAIN PAYS
DU FLEUVE
OÙ LES GENS SUR LES BERGES
ONT LA COULEUR D'UN NOIR EXTRÊME
QU'ON DIT BLEU
OU ÉTHIOPIQUE
JUSQU'EN HAUT DES MONTS BYBLOS
OÙ LE NIL A DES EAUX IMMENSES ET SAINTES
MARCHE
VERS LES EAUX SALUTAIRES
VERS LE LEVANT SONT LES EAUX DU SOLEIL
ET COMMENT FINIRAIT L'AVENIR

Le fils de la mère
« Elle s'assit en silence, aux côtés du vieillard et demeura ainsi
Elle pensa alors qu'il n'y aurait pas que les morts pour habiter sa mémoire mais les fils de la vie ou de la lumière »

Il sort. C'est-à-dire qu'il disparaît. C'est-à-dire qu'il entre dans l'ombre en fond de scène où augmentent petit à petit les tracés de feux follets des petites flammes de lampion, leur rythme et leur intensité, se signalant les unes aux autres leur naissance dans un alphabet de petites fumées. La marionnette reste là.

Le fils de la mère, *voix.*
Et que peut-être les fils ne seront plus des morts qui enterrent la mémoire de leurs mères

On voit les grands cahiers sur le présentoir, certains ouverts : on voit des écritures rangées dans des carrés numérotés, des écrins abritant des croquis miroitants, des îlots calligraphiés avec des encres de différentes couleurs, des éclats de péninsule arrangés dans des cadres, donnant aux pages une vague ressemblance avec des vignettes découpées dans un planisphère ou un mémoire d'herboriste avec ses agrégats maniérés de brins et de fétus.

III

Masta Blasta. Il est hors des harnachements et des rouages de l'engin de locomotion. On voit une caisse au flanc de l'engin. Gros et petits bidons avec une croix rouge. Une lampe-tempête. Il est debout. Il s'avance.

Masta Blasta
Par permission de MM. les Notables
Messieurs et Dames
L'Antique authentique Compagnie
de la Grande Royale
qui a fait les menus plaisirs de ville en ville
qui a fait les animations de rue en rue

Le Hoochie-koochie-man
Il y a longtemps

Masta Blasta
L'antique authentique
Compagnie de la Grande Royale

qui s'est transportée de place en place
de classe en classe
de quartier en quartier
A transporté aussi les lieux de la scène
de marché trottoir en marché trottoir
pour donner plus d'une fois
l'Intégrale de son Prométhée
Théâtre réaliste
D'après le grec Eschyle
une adaptation spectaculaire, ornée de ses décorations à vue, augmentée de plusieurs métamorphoses masquées qui n'ont jamais paru en public et qui ne reparaîtront probablement pas avant longtemps

Le Hoochie-koochie-man
Il y a longtemps

Masta Blasta
L'Intégrale avec Danses & Ballets qui n'ont jamais manqué de surprendre
et très agréablement
quantité d'assistances sur une très longue période
on s'en souvient

Le Hoochie-koochie-man
Il y a longtemps, une vie ou deux

Masta Blasta
Musiciens, danseurs, on connaît l'affairement et l'entrain, on connaît la conspiration
Foule et troupe comme un gigantesque corps de prestidigitateur, avec des caches peuplées de présences discrètes
en alerte
acteurs nichés dans les alvéoles de la foule
jouant des coudes selon l'ordre d'apparition

Le Hoochie-koochie-man
Selon l'ordre d'apparition
Le Hoochie-koochie-man présente Masta Blasta.
Prométhée le Voyant
Masta Blasta salue.
Masta Blasta, quinze ans chez les prêtres, nourri de levure de grec et d'histoire latine. A l'heure qu'il est, dans le civil et dans la débrouille, écrivain public, copiste, trafiquant de citations, une vie ou deux au service de la grande Royale, La Compagnie

Masta Blasta, *présente le Hoochie-koochie-man.*
Héphaïstos le gardien des secrets de la forge
le marabout de Zeus
Le Hoochie-koochie-man salue.
Le Hoochie-koochie-man. Dans le civil et dans la débrouille, à l'heure qu'il est, gardien des

secrets de la fabrique, la Distillerie où se mélangent sève de palmier, larmes de gingembre vierge et esprit du blues

Le Hoochie-koochie-man
Elixir de la consolation

Masta Blasta
Le Hoochie-koochie-man, apothicaire de la consolation. Une vie ou deux au service de la grande Royale, La Compagnie

A chaque personnage du Prométhée enchaîné qu'il invoquera par la suite, il sortira de la caisse un fragment de costume, un masque, un accessoire et l'installe, objet témoin d'un acteur absent.

On pense à certaines photographies de ces chapelles ardentes sur les lieux d'un naufrage, avec le méli-mélo de quelques affaires personnelles ramassées dans l'échappée des vagues et entassées – un objet de recueillement dont l'aspect rappelle aussi des restes carnavalesques qu'on se préparerait à brûler.

Masta Blasta, *invocation.*
Haut-Pouvoir et Vive-force
Agents de l'omnipotence de Zeus
appelés Cratos et Bia

Le Hoochie-koochie-man, *tambour de cérémonie.*
Partis

Masta Blasta
Okéanos

Le Hoochie-koochie-man, *tambour de cérémonie.*
Parti

Masta Blasta
Hermès l'espion
Agent furtif de l'omniscience de Zeus

Le Hoochie-koochie-man, *tambour de cérémonie.*
On dit qu'ils sont partis, Monsieur. Dans les factions forestières, dans les phalanges des hauts plateaux, dans les unités mobiles du Sahara
On a vu des acteurs partis dans les milices des marais. On dit en avoir vu

Anna, *voix.*
Présences de mort autour des Eaux
Aux puits, aux sources, aux oasis, aux fontaines
Présences de mort autour des Eaux

Masta Blasta
Io, Grande exilée
s'arrachant du sol de la vielle Europe
depuis les pentes du Caucase s'arrachant

jusqu'à l'horizon de l'Atlantique d'Afrique
où les pays sont nombreux
et les frontières en bambou
Io

Anna, *voix.*
Tuée ou violée, toute personne venant du dehors
Aux puits, aux sources, aux oasis, aux fontaines
Toute personne perdue du mauvais côté des frontières en bambous

Masta Blasta
Ton pied a-t-il assez d'élan
Pour courir la course folle
Sur la face marécageuse du Nil
où finissent les cartes des Anciens

Anna, *voix.*
Depuis le Delta du Nil jusqu'au Delta du Niger

Le Hoochie-koochie-man
Des monts Byblos jusqu'aux neiges éternelles du Kilimandjaro

Anna, *voix.*
Les corps qu'on met à sécher.
La peinture à la chaux des ossements sur les lieux des tombeaux bâclés

Le Hoochie-koochie-man
Les lieux de la scène s'appellent le Pays

Masta Blasta
Un décor

Le Hoochie-koochie-man
On connaît les règles du jeu

Masta Blasta
Un décor avec un écriteau Hôpital et c'est une débrouille de caches d'armes provisoires, un engin de locomotion avec un écriteau Taxi et c'est une débrouille macoute, un décor avec un écriteau marqué Police et c'est une débrouille de pègre agricole dans le maquis. Un mur avec un écriteau Eglise du Verbe Incarné et c'est une débrouille dans le recel – outils de torture, clous, chaînes, câbles et pics
des écriteaux Hautes Bienveillances dans les ministères de Dieu comme dans les ministères publics se débrouillent dans la location du matériel

Le Hoochie-koochie-man
On connaît les règles du jeu.
Ça commence par une case où tu marques
FRONTIÈRE

Un barrage de trois bambous
et tu te fais preneur de route
Ta case devient Pays

Masta Blasta
Une case à l'étage, tu passes rebelle tout terrain
Tu marques PALAIS
et ton pays te fait un royaume
Avec deux étages à l'étage
Tu marques la devise de ton royaume à trois cases
GOD BLESS

Le Hoochie-koochie-man
Et ton royaume te fait un paradis

Masta Blasta
GOD BLESS

Le Hoochie-koochie-man
Et tu te fais Seigneur, l'Eternel des armées
Avec une case au plafond où tu marques
JUSTICE
et ton paradis te fait un tribunal et tu te fais
Commandeur des Hiérarchies, Trônes et
Dominations

Masta Blasta
Tu signes des oracles sous un nouveau nom de
faux papier, pseudonyme de griffons chimères

Le Hoochie-koochie-man & Masta Blasta
Hannibal Katanga, Bantou Cosa Nostra
Caïman-s'en-fout-la-mort, Zeus l'Olympien
Prince Coupé-cloué, Ninja Tirailleur
Zeus Brigadier

Anna est là.

Anna
Entendez-vous que pour arriver vivante
le long de ces routes il faut se rendre invisible
des preneurs de route et même invisible
on peut entendre les voix encore nocives
de leurs camarades morts
CELLE-LÀ, CELLE-LÀ
Il faut dire en quels temps nous sommes

Masta Blasta
On se souvient des contes où les sources sont gardées par des caïmans lubriques à qui on sacrifie une vierge annuelle pour le prix de l'eau, sauf qu'ici la certitude n'existe pas qu'on reçoive goutte en échange des sacrifices
Il faut dire en quels temps nous sommes

Le Hoochie-koochie-man
Par permission de MM. Les Notables
Tambour de cérémonie.

« Messieurs et dames… il faut dire pour cause
Pour cause d'instabilité sous-régionale »

Masta Blasta
Débrouille

Le Hoochie-koochie-man
« Pour cause… il faut dire
pour cause de rééquilibrages momentanés
du flux et du reflux… des péripéties physiques
Messieurs et dames
Etape par étape »

Masta Blasta
Débrouille

Le Hoochie-koochie-man
« Circonscription par circonscription »

Masta Blasta
Débrouille

Le Hoochie-koochie-man
« Il faut dire pour cause, Messieurs et Dames
pour cause de péripéties
pour cause de flux et de reflux des réparations physiques
Il faut dire pour cause, Messieurs et Dames, de ralentissement du temps ces dernières années »

Masta Blasta
Débrouille

Le Hoochie-koochie-man
Les années débrouille pour aller vite
On avait tué récemment, pas qu'au fusil, des affrontements de proximité

Masta Blasta
Il faut imaginer l'Antique authentique
Compagnie de la Grande royale
Les lieux de la scène de coin en coin
de Charybde en Scylla

Le Hoochie-koochie-man
On a dit ça
On a dit la dispersion de la troupe

Le Hoochie-koochie-man récupère les bidons et les traîne jusqu'à l'Espace Distillerie.
Le tas d'objets sortis de la caisse durant l'invocation des acteurs absents se met en mouvement, prend son envol – danse de costumes vides, d'accessoires brinquebalant et de masques suspendus dans l'air, le tout rejoignant précipitamment la caisse.

Masta Blasta
Le désert avance

Le Hoochie-koochie-man
Le mois de juin est pourri

L'espace Beauté. Anna. Elle installe un fil à sécher le linge, tendu entre deux poteaux.
Anna accroche des poupées au fil avec des pinces.
Quelques chants d'oiseaux. Des bêlements. Des voix.

IV

Masta Blasta installe la marionnette d'Io dans l'engin de locomotion, la transporte de station en station.

Masta Blasta
Io
sa silhouette
Il est écrit
se perd et réapparaît
Entendez-vous en quel temps
nous sommes
sur les traces d'Io
Partie chercher les eaux du soleil
pour accoucher l'enfant
Une qualité de sel pour le faire flotter
le faire léger

Anna
Martha
Poupée
Fiona
Poupée

Masta Blasta
Io
sa silhouette
Il est écrit
se perd et réapparaît
se perd et réapparaît

Anna accroche des poupées au fil. On reconnaît différents avatars du modèle de la poupée Ashanti : des bras comme des moignons en croix, le tronc et les jambes d'une seule verticale, un torse monstrueusement minimal, la rigueur des seins dressés à l'endroit où la verticale du corps et l'horizontale des bras se coupent en angle droit, la tête immense, les bas-reliefs du nez, des yeux, des lèvres soulignant l'effacement du front, des scarifications parfois creusant dans l'absence de joues sur le grand plat du visage solaire.

Masta Blasta
Io
Il est écrit
Entendez-vous
Qu'on l'a vu passer à Antioche
Quelqu'un l'a vue
ou peut-être une foule
A Ankara
On l'a vue vers Adana, Tripoli, Byblos

Vue Io
sa silhouette
se perdre et réapparaître
se perdre jusqu'à Tyr
et réapparaître jusqu'à Sidon
villes des Phéniciens magnifiques
il est écrit, inventeurs de l'alphabet par quoi fut retenue dans l'argile foulée l'ardoise de son passage jusque dans cette Éthiopie intérieure des peuples noirs dont nous habitons les berges molles

Le Hoochie-koochie-man
Jusqu'au pays des nègreries qu'on nomme Ivoire

Anna
Les lieux de la scène s'appellent le pays lointain
le pays où le soleil a perdu la mémoire

Masta-Blasta
Entendez-vous en quel temps
nous sommes
sur les traces d'Io
Sa silhouette fut mêlée

Anna
Alberta
Poupée

Masta Blasta
Il est écrit
« mêlée aux transhumances, discrète, à l'abri d'une couverture de couleur, docile à porter les sacs, les enfants, les cages d'oiseaux, anonyme dans le cortège qu'on voit défiler ici d'image en image »

Anna
Vicky
Poupée
Aïssa
Poupée
Yohana
Poupée

Masta Blasta
Io, on dit qu'elle changea de nom

Anna
Akasanoma
Poupée
Sakabo
Poupée
Celle-là/celle-là/celle-là
Io
Quelqu'un l'a vue
Ou peut-être une foule

Un soir, marchant vers l'horizon, sa route croisa la route des petites mères que vous avez vu arriver ici
Les petites mères que vous avez vu arriver un matin avec leurs malaises, avec leurs désagréments, avec leur condition, avec leurs vomissements, avec leurs coups de pied, avec leurs élancements dans la région où ça ne trompe pas le ventre
les pas chassés que vous avez vu arriver
Comme on louvoie en foule en se protégeant le flanc
les yeux de la foule comme devant un prodige
Les petites mères, on a vu ça, racontant le souk
la traque/la trique/la palpation la course
Les petites mères racontant dans leur langue de là-bas, dans la langue des oiseaux incendiés, la langue de leur demeure avant la catastrophe
YÉ WÉ YA
YÉ WÉ YA
NYA YA NYA WO
YÉ WÉ YA OO

Le Hoochie-koochie-man
YÈ WÉ YA
YÉ WÉ YA
NYA YA NYA WO YÉ WÉ YA OO
Un espéranto de Cro-magnon
un parler de pentecôte

Aux puits, aux sources, aux oasis, aux fontaines.
Tuée ou violée, toute personne venant du dehors
Toute personne perdue du mauvais côté des frontières en bambous

Masta Blasta, *avec la marionnette d'Io.*
Les lieux de la scène s'appellent le Centre

Le Hoochie-koochie-man
C'est ce qui reste de bonne volonté

Anna
Un écriteau marqué le Centre

Masta Blasta
Ce qui reste de bonne volonté
Ca ne va pas plus loin
Que tracer un écriteau marqué
LE CENTRE
Partout où l'on peut marquer le mot Centre
On peut ajouter Passage des photographes
Comme on marque un nom de rue

Le Hoochie-koochie-man, *avec la marionnette d'Io. Il lui fait prendre des poses et imite l'affairement et l'entrain du photographe qui photographie.*
Tu vas le garder
Tu vas le garder comment
Comme Marie son fils

Emmailloté et couché dans une mangeoire
Avec des cochons et des vaches
Tu vas le garder maintenant ou plus tard
Quand tu seras grande
Tu vas le garder où maintenant
Tu vas l'offrir
Tu vas l'offrir en sacrifice
Comme Dieu son fils

Anna
EN QUEL PAYS
EN QUEL PEUPLE
EN QUEL POINT DE LA TERRE
OÙ DOIS-JE DIRE
QUE J'AI ECHOUÉ

Masta Blasta
On peut voir la photo
Sur la photo on peut voir LE CENTRE
Les nourrissons on les sort et on les pose dans le regard des petites mères ahuries, à heure fixe, statues de tissu amidonné ou statues de sel, divinités désactivées dont on attend encore des actions de grâce, et qui pleurent soudain, immobiles, quand les nourrissons pleurent. Sur la photo, on ne voit pas les chaises, les robes aux croupes énormes enveloppent les chaises jusqu'aux pieds

Anna
Petites mères, précoces comme on aurait dit surdouées, treize ans

Le Hoochie-koochie-man
Filles-aïeules on les appelait

Masta Blasta
Assises sur des robes rigides pour la photo, des poupées géantes et on plongeait dans leur regard des nourrissons atones comme on présente un appât

Anna
Des enfants sont nés ici vous voyez
Un enfant est né ici
comme vous voyez
près des Eaux du soleil
Par où la tête s'est heurtée au sable en venant au monde, j'ai massé, j'ai massé. Par où l'oreille a traversé le fracas, j'ai massé. Par où la peau a heurté dehors, j'ai massé. J'ai massé le corps, j'ai massé l'air, j'ai massé la terre. Par où les yeux ont heurté le ciel en venant au monde, j'ai massé. Par où l'oreille a heurté le fracas en venant au monde, j'ai massé

L'espace Écrivain public. On voit Le fils de la mère. Installation d'éléments de construction provisoire, pliable, démontable… On imagine les restes sauvés de l'usure ou de la catastrophe d'une structure originelle.

V

L'espace Écrivain public. Quelques assemblages de panneaux. On voit un panneau avec de vieilles affiches peintes. On voit, tracé par-dessus, LE CENTRE.

Le fils de la mère
À l'époque où je naissais
on disait aux étrangers qui arrivaient
Méfiez-vous des enfants

Anna
Deux ans sont passés

Le fils de la mère
Méfiez-vous des enfants
On disait ça aux étrangers

Le Hoochie-koochie-man
Nobles étrangers arrivés jusqu'à nous sur la trace des photos… Les nouvelles disent que le

feu n'est plus de saison. Abandon total, par consentement mutuel, des pratiques de la terre brûlée et de l'empoisonnement des eaux

Le fils de la mère
Méfiez-vous des enfants
À l'époque où je grandissais
On disait ça aux étrangers qui arrivaient
Méfiez-vous des enfants

Anna
On garde encore en mémoire les épreuves de feu

Le Hoochie-koochie-man
Nobles étrangers parés pour le neuvième anniversaire de l'aéroport et des vols organisés pour encourager la collection de cartes postales avec des dessins d'enfant

Anna
Neuf ans sont passés

Le fils de la mère
30 francs le dessin
10 francs le cadre en plastique
20 francs l'autre en bois
23 francs les deux

Masta Blasta
Méfiez-vous des enfants

Le Hoochie-koochie-man
Des têtes d'obsèques on les appelle
Des enfants revenus de la longue épreuve, revenus de basses besognes en forêt, des besaces de guerrier accrochées au cou, têtes d'obsèques

Le fils de la mère
30 francs le dessin
10 francs le cadre en plastique
20 francs l'autre en bois
23 francs les deux

Masta Blasta
Méfiez-vous des enfants

Le Hoochie-koochie-man
qu'on appelle déserteurs, perdus dans la ville, parfaitement, comme on peut se perdre en forêt, comme les balles pareillement désignées qu'on collecte dans les champs qu'on va remettre dans les Centres en échange de la pièce ou d'une mixture riche en fruits
Elisabeth de la Mission, Mademoiselle, méfiez-vous des enfants quand vous descendez des voitures qui vous rendent belle

Le fils de la mère
30 francs le dessin /10 francs le cadre en plastique /20 francs l'autre en bois /23 francs les deux

Masta Blasta
Parce que s'il n'y avait ni pièce ni mixture riche en fruits, peut-être que personne n'aurait ramassé les enfants pareillement que les balles, vu la nudité des temps

Le fils de la mère
30 francs le dessin /10 francs le cadre en plastique /20 francs l'autre en bois /23 francs les deux

Masta Blasta
Un enfant dessine un bonhomme, une maison, un animal, ces enfants de la mère

Le Hoochie-koochie-man
C'est ce qu'on dit, Mademoiselle de la Mission
Fils de la mère
C'est l'appellation selon l'usage
Fils de la mère
Fille de la mère
Fils de fille de la mère

Masta Blasta
Ces enfants-là ne dessinent pas de maison, ils dessinent des plans, leurs maisons sont d'incompréhensibles abstractions

Le Hoochie-koochie-man
Des cercles, des spirales, des figures géométriques alignées ou dispersées, des angles, des points, des lignes, des lignes intouchables, ils tracent des plans, et les arbres qu'ils font sont des alignements de croix

Masta Blasta
Rien de ces fenêtres qui sont des Présences aux paupières dormantes ou riantes

Le Hoochie-koochie-man
Et puis il y a ceux qui ne dessinent jamais et qu'on soigne

Masta Blasta
par caresses régulières de peau d'animaux au pelage doux. Ce n'est pas la bonne volonté qui manque. C'est le nounours

Anna
Ce n'est pas l'amour qui manque, Mademoiselle, ce qui manque, c'est le nounours. C'est le panda au pelage doux

Le fils de la mère
30 francs le dessin
10 francs le cadre en plastique
20 francs l'autre en bois
23 francs les deux

Masta Blasta
Méfiez-vous des enfants
Mademoiselle Elisabeth de la Mission

Le Hoochie-koochie-man
Monsieur Norbert de la Donation
vous comprendrez tôt ou tard quand vous les verrez tôt ou tard dans un documentaire qu'on peut voir au « Musée des Célébrations et du Pays réel »
Vous verrez comment on a enseigné à des enfants des étirements inouïs de muscles
on leur a appris comment vaincre d'incroyables épreuves de fatigue et de marche, une intelligence corporelle

Masta Blasta, *elle contrefait des ordres d'exercices militaires.*
Tomber sans casser
Debout sans appui
Collé-serré
Roulé-boulé
Coupé-cloué

Le fils de la mère prend des poses de mannequin avec des fragments de costume ou des accessoires. On reconnaît ces photographies de shorts déchirés et rapiécés au raphia ou à la liane, ces tee-shirts sans manche ou à une manche auxquels sont accrochées de petites gourdes, gris-gris censés protéger des balles dans le maquis. Talismans de lunettes noires. On dirait une parodie dans le maquis d'un défilé de mode grunge.

Le Hoochie-koochie-man
Une intelligence de danseur devant la caméra

Masta Blasta
Tomber sans casser
Debout sans appui
Collé-serré
Roulé-boulé
Coupé-cloué

Le Hoochie-koochie-man chronomètre pendant que Le fils de la mère récite à toute vitesse, court derrière ses mots, finit en hoquets quand il les rattrape.

Le fils de la mère, *récitant.*
« Le grand quelqu'un hadji Tiécoura alias Yacouba, un matin après la prière, a dit qu'il

allait m'emmener au Libéria. Il était aussi multiplicateur de billets
Un multiplicateur de billets est un marabout à qui on donne une poignée d'argent un jour et qui, un autre jour, te rembourse avec plein de billets CFA ou même des dollars américains. Tiécoura était pressé de partir parce que partout tout le monde disait qu'au Libéria là-bas, avec la guerre, les marabouts multiplicateurs de billets ou devins guérisseurs ou fabricants d'amulettes gagnaient plein d'argent et de dollars américains. Ils gagnaient trop d'argent parce que ne restaient plus au Libéria que des chefs de guerre et des gens qui ont trop peur de mourir »

Masta Blasta
Tomber sans casser
Debout sans appui
Collé-serré
Roulé-boulé
Coupé-cloué

Le Hoochie-koochie-man chronomètre.

Le fils de la mère, *récitant*
« Un chef de guerre est un grand quelqu'un qui a tué beaucoup de personnes et à qui appartient un pays avec des villages »

Le Hoochie-koochie-man
Méfiez-vous des enfants

Masta Blasta
Quand vous descendez de vos voitures qui vous rendent si beaux
Avec la boue rouge des coteaux villageois
La boue rouge translucide attachée aux plaques minéralogiques

Le Hoochie-koochie-man
Nobles étrangers
Volontaires de l'abnégation
méfiez-vous des enfants

Masta Blasta
Toutes ces cachettes vous voyez
quand vous descendez de vos voitures
Et tous ces bancs vous voyez
A part déplorer la fiente et le caca chien
les trafiquants de substance venus du Sahara
le déballage de contrefaçons du pays voisin
qu'on fera vendre à la sauvette au pied levé

Le Hoochie-koochie-man
Méfiez-vous des enfants qui les vendent
Des enfants élus pour leur résistance à la course et à la colle

Les vitrines, vous voyez, quand vous descendez de vos voitures
Les vitrines où la télévision s'offre gratuit
C'est un danger la concentration de regards sur les trottoirs
Des enfants en arrêt sur les trottoirs, rognant avec la même dent et l'ongle et le beignet

Masta Blasta
Le gamin Untel qui s'est disputé
Son équipe a pris un but à zéro
Vu que la chanson de moquerie disait
« Et Un dans le cul
Et Zéro devant
Et Un dans le cul
Et Zéro devant »
le gamin est parti charger un fusil

Anna
Ça traînait les balles, il revient, il tire, il pleure au tribunal militaire… L'embarras, Mademoiselle Elisabeth de la Mission

Le Hoochie-koochie-man
Monsieur Norbert de la Donation, l'embarras quand vous descendez de ces voitures qui vous rendent beaux

Anna et Le fils de la mère. Elle le masse couché, les pieds arpentant son dos. Elle le masse avec des décoctions. Frottements de feuilles vertes marinant dans l'eau d'une bassine transparente. Frottements de vapeur, de tissu chaud, de cuir vivant et d'huile rouge de palmier.

Anna, *comptine.*
On dit que
Io
Le fils qu'elle eut
Au soleil du Nil
s'appelait Épaphos

Le fils de la mère, *comptine.*
Épaphos

Anna, *comptine.*
Épaphos le Noir

Le fils de la mère, *comptine.*
Épaphos

Le Hoochie-koochie-man, *comptine.*
Épaphos le Cafre du Soudan

Masta Blasta, *comptine.*
Épaphos le Nubien

Le fils de la mère, *comptine.*
Épaphos

Anna, *comptine.*
On dit que seule
elle conçut seule
et engendra Horus

Le fils de la mère, *comptine.*
Horus

Anna, *comptine*
Par sa propre énergie
enfanta Harpocrate

Le fils de la mère, *comptine.*
Harpocrate

Tous, *comptine.*
« L'enfant au doigt sur les lèvres, le petit dieu du silence »

Anna et le fils de la mère. Elle le masse debout, le tenant contre elle, lui frappant le dos, lui frottant les genoux avec ses genoux, on aurait dit la répétition de prises et d'enchaînements de prises d'une danse martiale exécutée dans un mouchoir de poche.

VI

Le Hoochie-koochie-man. Installation de journaux sur les bras multiples d'un portemanteau. Il faut imaginer des oiseaux aux ailes reposées.

Le Hoochie-koochie-man, *avec les journaux.*
Les nouvelles disent que les livres reviennent « … avec les travaux de l'aéroport et le grand retour prophétisé des avions… et des vols organisés pour collectionner des cartes postales… avec l'ouverture des imprimeries qui feront des posters en grand nombre… format 18 x 24… et des livres en nombre suffisant, des livres qui diront Paix et Célébrations dans les écoles »

Masta Blasta
Les écoles

Le Hoochie-koochie-man, *avec les journaux.*
Des blocs de murs avec des enfants dedans « quatre murs solides illustrés par des images

d'affrontements dont leurs pères et leurs frères sont salués en vainqueurs »

Ils boivent.

Masta Blasta
On n'entend pas toutes les voix en même temps dans la même histoire
À un Commencement, nous avions les terres, d'autres avaient le Livre, – Ceux qui avaient le Livre dirent – Dans le Livre il est écrit mes frères
Mes frères, fermons les yeux et prions in seculae seculorum. Et on les ferma et on pria et on les ouvrit
et quand on les ouvrit, ceux qui avaient le Livre avaient les terres et ceux qui avaient les terres avaient le Livre
Et si cette terre valait bien un psaume, le sous-sol valut bientôt des tomes
Qui arrivèrent en latin, en ancien français, en américain, en portugais du Brésil, en espagnol des États-Unis, d'autres en arabe classique, en grec, en russe, en chinois, en coréen qui disaient : Mes frères, Fixons l'avenir, et on a fixé l'avenir jusqu'au trou du bilan
et ceux qui avaient le Livre avaient entubé nos morts jusqu'au manganèse, et nous, Dieu soit loué, il nous restait le Livre qui dit

— Mes frères, mourons
et On
sortit des forêts
et On
prit le chemin de fer
et On
creusa des tranchées
en se cachant
en se cachant
et ainsi mourut-On
Mais une voix fossile sortait encore du Livre
— Lève-toi, et marche ! Lazare ! Lazare ! Lève-toi, toi qui dors ! Lève-toi et marche, Lazare !
Et quand Lazare arriva à la forêt des Fantômes
Ceux qui avaient le livre tenaient la forêt et ceux qui avaient la forêt avaient le Livre
Et la conscience vint au zombi, comme un parfum de sel réveille le cataleptique, la conscience vint au zombi
Et il comprit qu'on lit dans les livres comme on lit dans la fumée

Le Hoochie-koochie-man, *avec les journaux.*
Les nouvelles disent Paix et Célébrations

Masta Blasta
On lit dans les livres comme on lit dans la fumée
Le sage montre la lune

L'imbécile voit Dieu
Le disciple s'abîme dans la contemplation de l'Astre
Le vulgaire fixe le doigt du maître et baise sa bague
Le fou
Le maître fou retient une direction et la rajoute à sa collection des chemins du hasard

Anna et Le fils de la mère.
Anna installe un parasol.

Anna & Le fils de la mère, *chantonnant.*
Messieurs et Dames
Messieurs et Dames, approchez
N'ayez pas peur du Déambulatoire à poèmes

Anna et le fils de la mère commencent à confectionner ensemble le Déambulatoire à poèmes : un grand parasol traité avec une efflorescence de foulards, le bluff inquiétant de couleurs dont certaines plantes se parent, costume poison, pour effrayer le prédateur.

Le fils de la mère
MOI, MA MÈRE THÉMIS
OU GAÏA LA TERRE OU LA GRANDE ROYALE
M'A TOUT APPRIS DANS LA VOYANCE
COMMENT FINIRAIT L'AVENIR

Le Hoochie-koochie-man, *avec les journaux*
Les nouvelles disent que des plans de paix et de célébrations sont présentement dessinés dans des bureaux d'études où l'on travaille pour la construction d'autres bureaux ouverts au public, qu'on appelle des lieux d'accueil, sans compter des lieux d'hospitalité et d'ingestion d'aliments divers et régionaux, des lieux de balançoire dans les espaces vert bambou prophétisés par le panneau qu'on peut voir d'ici

CET ESPACE VERT VOUS EST OFFERT
PAR LA DONATION NORBERT

Le panneau au loin. Le Déambulatoire à poèmes. Anna habille Le fils de la mère avec un double du costume d'Io.

Masta Blasta
Les premiers bambous que le panneau a amenés ici, on se rappelle comment ils ont dépéri... dépéri... dépéri

Le Hoochie-koochie-man
Ils ont dépéri alors qu'ils avaient poussé

Masta Blasta
Jusqu'à faire toit, légèrement

Le Hoochie-koochie-man
au-dessus d'une taille humaine.

Masta Blasta
Ils ont été frappés

Le Hoochie-koochie-man
En une semaine

Masta Blasta
Du syndrome de la floraison blanche

Ils boivent.

Le Hoochie-koochie-man
C'est un nom de maladie, avaient dit les spécialistes depuis la télévision vietnamienne
« Quand les bambous fleurissent, c'est qu'ils maigrissent, comme s'ils perdaient leur sang et maigrissaient pour mourir, ça tue les bambous de fleurir »

Masta Blasta
Le drame que ç'aurait été pour les pandas s'il y en avait eu par ici

Le Hoochie-koochie-man
« Lorsque les bambous fleurissent, les pandas meurent aussi »

Ils boivent.

Le Hoochie-koochie-man, *avec les journaux*
Les nouvelles disent qu'il faut imaginer, selon le vœu de Monsieur Norbert de la Donation, des haies fleuries avec des jardins et des espaces vert bambou

Anna et le Fils de la mère. Ils rajoutent un écriteau au Déambulatoire à poèmes.

MADEMOISELLE SERVEUSE DE POÈMES

Masta Blasta
Les lieux de la scène s'appellent CET ESPACE VERT VOUS EST OFFERT PAR LA DONATION NORBERT
Le soleil est encore un peu à distance, mais même à distance on peut lire le panneau, même à distance un lampion éclaire assez, la lune aussi, assez pour imaginer le fond vert du panneau : des bambous reproduits par millions pour faire croire à la trame d'un vert solide vu de loin ou de près
Même à distance on peut lire le grand panneau vert CET ESPACE VERT VOUS EST OFFERT
et les nouvelles disent
qu'à ce signe
les temps changeront

Il est écrit

Imprécation.

« Le désert avance… Le désert avance… Le désert avance »

Ses doigts glissant sur du braille dans le vide, une dernière tentative de repêcher dans sa mémoire la moitié des mots qui manquent, le balayage de ses bras dans l'air comme la déploration silencieuse d'une balançoire, les bras qui se rabattent dans les poches, les doigts comme des serres, partis d'eux-mêmes à la chasse d'un de ses innombrables carnets, le carnet enfoui quelque part dans une poche, la poche elle-même plaquée comme un sac sur une autre poche dans le dos, d'autres poches jusqu'à la cheville, partout collées, les cuisses, le flanc, le ventre remué à grands coups du plat de la main… voilà… le bon carnet, le rouge, enfin crocheté entre le majeur et le pouce…

« … Malheur à qui le protège »

Un temps.

Le Hoochie-koochie-man

Les lieux de la scène s'appellent le Marché aux fétiches, c'est inscrit dans le Guide. 100 francs le Guide

Toute la rue, vous verrez

LE MAGE KALIKULA
VOYANCE LES YEUX DANS LES YEUX
SPÉCIALISTE DU MAL NOIR
GRAND GUÉRISSEUR DE LA FOLIE
SANS DOULEUR
ET CHERCHEUR EN SENS DE LA VIE

MADAME ALOUWASSIO
TRAVAUX D'AMOURS OCCULTES
DIPLÔME DE PSYCHOLOGIE NATURELLE
ET PARALLÈLE
SPÉCIALISTE DES FUGUES
ET DES DISPARITIONS MOMENTANÉES

Anna
Toute la rue vous verrez
des flacons de couleurs
de la poudre safran
des boulettes émeraude de feuilles mâchées par
de vieilles dents
des racines rendant leur jus de vieillesse
des chapelets de crânes d'oiseaux

Le fils de la mère
des plumes
des perles de Venise
des statuettes de fertilité
des huiles parfumées au suc de vierge

Anna
des bagues pour faire baisser la fièvre
des graines spongieuses

Le Hoochie-koochie-man
pour lesquelles quelqu'un a dû livrer bataille avec des épineux

Anna
Très chères

Le Hoochie-koochie-man
Des pattes desséchées et poilues d'animaux
Des ossements rares

Masta Blasta
Certains disent humains

Le Hoochie-koochie-man
Des dents de requin

Masta Blasta
Certains disent humaines

Le Hoochie-koochie-man
Il y a quelque chose de pourri dans le mois de juin. Et je comprends que les hommes boivent ce mélange de sève de palmier distillée et de larmes de gingembre vierge

Installation des enseignes de l'espace Distillerie.

LE HOOCHIE-KOOCHIE-MAN
DISTILLERIE DE LA GRANDE ROYALE

Moi, le Hoochie-koochie-man, apothicaire de la consolation, je comprends que les hommes boivent. On ne tire pas sur la Distillerie. Les belligérants s'étaient toujours entendus par entente discrète pour qu'on ne tire pas sur la Distillerie. On connaît l'histoire. On connaît l'histoire de ce puits fabuleux entre deux tranchées, les ennemis étaient français et allemands, s'en étaient partagé l'eau sans jamais se tirer dessus. On connaît l'histoire. On a pillé les mines, on a miné les routes des champs, mais on a sauvé la Distillerie par consentement mutuel... C'est inscrit dans le Guide : Mille regrets aux absents de la distillerie du Hoochie-Koochie Man/Cent francs le guide/page 131

Installation des enseignes de l'espace Écrivain public.

ÉCRIVAIN PUBLIC
TOUS TRAVAUX DE POÉSIE
CONSEIL EN ÉCRITURE
FORMATION

Masta Blasta

C'est inscrit dans le Guide : Masta Blasta écrivain public. Lettre d'amour en prose /369 francs/ ou en poésie /403 francs / lettres aux Hautes

Bienveillances ornées de citations latines ou de proverbes coutumiers /890 de nos francs

Le fils de la mère
Messieurs et Dames
Messieurs et Dames, approchez
N'ayez pas peur du Déambulatoire à poèmes
Choisissez un morceau dans le menu et mademoiselle vous le chuchote à l'épaule
Quel que soit votre grade
Anna lui accroche à l'épaule – comme un sac à main – un écriteau MENU.
Sinon le service est aussi possible en italien en anglais
Yes, we can also do it in english, nobles étrangers
Ils boivent tous.
Le service est rémunéré aux pourboires
Vous pouvez payer une fois et demander plusieurs poèmes
C'est gratuit pour les femmes enceintes
Un temps.
Nous acceptons les volatiles vivants
poussin, pigeonneau
Et les produits de l'intérieur pays
Les devises étrangères vous donnent droit nobles étrangers, à ce cadeau souvenir
Il exhibe un collier de cauris avec un carré vert en pendentif, il lit sur le petit carré vert.

« CET ESPACE VERT VOUS EST OFFERT
PAR LA DONATION GRANDE ROYALE »

Anna
Ici on vient se montrer Grande royale.
Installation des enseignes de l'espace Beauté.

CHEZ ANNA
BEAUTÉ-MAGASIN
TRESSAGE FRISAGE DÉFRISAGE
COSTUME RAPIDE
MASSAGE PEAU ET CHEVEUX

Ici on vient se montrer personne élégante
à toute épreuve
Noceur de fortune
Ambianceur
Distingué de la sape

Masta Blasta
C'est ici qu'on vient montrer qu'on n'est pas fracassé par la situation fracassée.
Ouvre un grand cahier sur le présentoir.
Le miracle n'est pas de marcher sur l'eau mais sur la terre

Le fils de la mère
Pour les enfants nous avons aussi du Prévert
du Desnos
Des contes venus du pays des Peuls
les nouveaux Contes d'Amadou Koumba

Sinon les poèmes sont de Michaux, Senghor, Kourouma l'Ancien, Valente, Césaire, Wilfredo Lam, Jean-Pierre Abrahams
Nous récitons de la qualité
Messieurs et Dames
Messieurs et Dames, approchez
N'ayez pas peur du Déambulatoire à poèmes
Tous boivent.
MOI, MA MÈRE THÉMIS
OU GAÏA LA TERRE OU LA GRANDE ROYALE
M'A TOUT APPRIS DANS LA VOYANCE
COMMENT FINIRAIT L'AVENIR

Anna, *comptine.*
On dit que
Io
elle changea de nom
devint Isis
déesse-mère d'Égypte
On dit que
Isis
Sa renommée voyagea
jusqu'en Gaule
jusqu'en Bretagne
Voyagea

Le fils de la mère, *comptine.*
On dit que
Io

elle changea de nom
et sous un autre nom
fut reconnue à Rome

Masta Blasta, *comptine.*
Et vénérée
sous les traits d'une vieille femme

Anna, *comptine*
ou d'une fille-aïeule…

Masta Blasta, *comptine.*
Vénérée
par les plébéiens révoltés réfugiés sur le mont Sacré
à qui elle distribuait des vivres

Le fils de la mère, *comptine.*
On dit que
Io
Elle changea de nom
Devint Anna

Masta Blasta, *comptine.*
Il est écrit
Dans le latin d'Ovide
Ouvre un cahier sur le présentoir.
il est écrit
« Amne perenne latens, Anna Perenna vocor. »

Anna
Cachée dans un fleuve éternel
Je m'appelle Anna Perenna.

Le Hoochie-koochie-man. Installation de l'écriteau ENTREZ LIBRES sur le pas des échoppes.

Le fils de la mère
Et si le mois de juin est pourri
il ne pleut pas sous le Déambulatoire à poèmes

Il accroche un écriteau au Déambulatoire à poèmes OSEZ. Anna. Le Hoochie-koochie-man. Masta Blasta. Immobiles devant les échoppes. Comme pour une photographie. Silence soudain du chœur des grillons. Puis grands bruits de bêtes agitées, de voix d'hommes, d'un grand envolement d'oiseau – il faut imaginer quand parfois des volatiles se regroupent pour prophétiser le lever du soleil, leur agitation autour d'un arbre qu'ils ventilent de battements d'ailes furieux et de langues d'oiseaux mêlées. On entend l'écho d'un coup de tonnerre, répercuté à l'infini, comme une basse continue, au loin. Les bruits de marché montent en intensité. Le fils de la mère s'avance. Anna. Le Hoochie-koochie-man. Masta Blasta. Immobiles devant les échoppes. Comme pour une photographie. Le fils de la mère s'avance. Le vent se lève et le Déambulatoire à poèmes, les costumes sur les acteurs, les feuilles de cahier, les mannequins sommaires – créatures improbables en toiles de jute et raphia, tringles portant coiffures peintes –, les poupées se mettent à danser doucement. On entend Voodoo Chile de Jimi Hendrix

WELL I STAND UP NEXT TO A MOUNTAIN
AND I CHOP IT DOWN WITH THE EDGE OF MY HAND
WELL I STAND UP NEXT TO A MOUNTAIN
CHOP IT DOWN WITH THE EDGE OF MY HAND
WELL I PICK UP ALL THE PIECES AND MAKE AND ISLAND
MIGHT EVEN RAISE JUST A LITTLE SAND
'CAUSE I'M A VOODOO CHILE
LORD KNOWS I'M A VOODOO CHILE

Le fils de la mère s'avance. Flash précipité des premiers rayons de soleil. Il faut imaginer une déchirure de voile…

L'essentiel n'est pas la terre promise
mais la promesse de la terre.

Ernst Bloch
(Le principe espérance)

Générique

Le texte *Io (tragédie)* est traversé ça et là par la présence furtive de poètes morts : Eschyle, José Angel Valente, Jean-Pierre Abrahams, Amadou Kourouma, Nietzsche. Hommage aux habitants du Domaine des Esprits.

Le final (scène du Déambulatoire à poèmes) est adapté d'après une idée originale de Noisette (Mademoiselle serveuse de poèmes – performance de la Compagnie des Estropiés)

En compagnonnage, en camaraderie, en amitié, en amour, en fidélité, en esprit et en vérité, dédicace et salutations élégantes à : Catherine Rioult, Philippe Malone, Anne Terrien, Anne Le Guennec, Mathilde Kuhn, Noisette, Martine Lebrun, Rosemonde et Brunissende, Anna Linda, Pascal Le Guennec, Barbara Bouley, Nicolas Saelens, Marine Broudic, Nicole Fisbach, Sophie Parisot, Perrine et Gabriel.
Aux Navigateurs du Chaos : Maxime, Raphaëlle, Sacha et Emilio Kodjo, Paix et Sérénité.

Io (tragédie) a été créé le 6 mars 2006 au Théâtre Paris Villette et au Théâtre des Bambous à Saint-Benoît de la Réunion par la Compagnie Cinétique dans une mise en scène de Françoise Lepoix.
Dramaturgie : Laurence Barbolosi
Création sonore et musicale : Bertrand Binet
et Denis Mpunga
Scénographie : Anne Leray et Christian Tizole
Objets scéniques : Anne Leray
Peinture : Jean Paul Redon
Costumes : Gaëlle Clark et Fy Ratsifasoamanana
Lumières : Michaël Serejnikoff

Avec
Anitia Uzeyman : *Anna*
Frédéric Leidgens : *Masta Blasta*
Jean-Louis Fayollet : *Le Hoochie-koochie-man*
Ludovic Pouzerate : *Le Fils de la mère*
Bertrand Binet : *Musicien*

Assistante : Elize Pirard
Régie générale : Jean Grison
Administration : Yagoutha Belgacem et Geneviève Humbert

Ce texte a reçu l'aide à l'écriture du ministère de la Culture et de la Communication (DMDTS)

Ouvrage composé par nos soins en *Garamond*
et achevé d'imprimer sur *bouffant 80 g*
par *Lavauzelle Graphic*
à Panazol (87350 France)
Numéro imprimeur : 6017021-06
Dépôt légal : mars 2006

Le bruit des autres publie avec l'aide du
ministère de la Culture – DRAC du Limousin